시와 만난 우리

시와 만난 우리

발행일	2022년 8월 16일
엮은이	강병구
지은이	권지수 김시아 박지유 이예을 이지호 임주하 정유은 최주원 김해단 박상준
	백주혜 민채윤 서예린 임주혁 채윤서 김나단 박상훈 박하랑 박하민 이예음
	이예림 이유건 정하윤 최승기 김소단 김예찬 박상현 홍준영 박서준 이해솔
펴낸이	손형국
펴낸곳	(주)북랩

편집인	선일영	편집	정두철, 배진용, 김현아, 박준, 장하영
디자인	이현수, 김민하, 김영주, 안유경	제작	박기성, 황동현, 구성우, 권태련
마케팅	김회란, 박진관		

출판등록	2004. 12. 1(제2012-000051호)
주소	서울특별시 금천구 가산디지털 1로 168, 우림라이온스밸리 B동 B113~114호, C동 B101호
홈페이지	www.book.co.kr

전화번호	(02)2026-5777	팩스	(02)2026-5747

ISBN	979-11-6836-446-2 03810 (종이책)	979-11-6836-447-9 05810 (전자책)

(주)북랩 성공출판의 파트너

북랩 홈페이지와 패밀리 사이트에서 다양한 출판 솔루션을 만나 보세요!

홈페이지 book.co.kr　•　**블로그** blog.naver.com/essaybook　•　**출판문의** book@book.co.kr

작가 연락처 문의 ▸ ask.book.co.kr

작가 연락처는 개인정보이므로 북랩에서 알려드릴 수 없습니다.

별처럼 찬란한 아이들의 글 글쓰기 교실을 만나 반짝이다

시와 만난 우리

강병구 엮음

대구신광교회 글쓰기 교실

권지수	김나단
김시아	박상훈
박지유	박하랑
이예을	박하민
이지호	이예음
임주하	이예림
정유은	이유건
최주원	정하윤
김해단	최승기
박상준	김소단
백주혜	김예찬
민채윤	박상현
서예린	홍준영
임주혁	박서준
채윤서	이해솔

북랩

.
.
.

'글쓰기'

언제부터인가 일상에서 글을 쓰는 일이 잘 없는 것 같습니다. 글을 쓰는 일은 여러모로 유익한 점이 많습니다. 글을 쓰는 일은 창의성이 매우 높아진다 합니다. 글쓰기로 인해 나타나는 창의성에 따른 넓이와 깊이는 상상하기도 어려울 정도입니다.

우리 어린이들이 작은 손으로 연필을 쥐고 글을 씁니다. 늘 핸드폰을 쥐고 있었던 손입니다. 컴퓨터 마우스를 쥐고 있던 손에 연필을 쥐고는 자신만의 깊은 상상의 세계를 펼쳤습니다.

처음 글쓰기 교실을 시작할 때 우리 아이들이 흥미를 가질 수 있을까 염려했지만, 이렇게 쓴 글을 모아 책을 출간하게 되어 모두에게 소중한 선물이 되었습니다.

우리 어린이들이 쓴 글을 보면 마치 하늘의 별과 같이 글자마다 빛이 나는 것 같습니다. 이 책에 쓰인 아이들의 글이 반짝이는 별이 되어 우리의 잃어버린 순수함과 식어버린 따뜻함을 다시 찾게 해주었습니다.

우리 어린이들이 쓴 '시와 만난 우리'에서 더 밝고 사랑스러운 아이들의 모습을 만날 수 있기를 기대합니다.

대구신광교회 **전광민** 위임목사

하나님께서 사랑하는 아이들,
그들의 정직함 앞에서

*

*

*

'요즘 아이들은 문제다. 예의가 없다. 생각이 없다. 이기적이다.' 현직 교사로 있으면서 학폭이 터지거나 아이들과의 싸움이 일어날 때 어른들에게 많이 듣는 이야기입니다. "우리 아이가 얼마나 착한데요?", "우리 아이는 절대 예의 없는 그런 아이, 다른 아이에게 상처 주는 아이가 절대 아닙니다." 이 또한 가장 많이 듣는 이야기입니다.

현직 교사인 제 입장에서는 다 맞는 말입니다. 재미있는 것은 문제이면서 예의 없는 아이, 생각이 없을 정도로 무례한 아이는 어느 부모에게는 착하고 착한 자식이라는 겁니다. 부모의 눈에는 착한 아이지만 다른 사람들의 눈에는 예의가 없고 생각이 없어 다른 사람에게 상처 주는 말을 함부로 하는 아이입니다.

두 가지의 면을 다 가지고 있는 아이들을 보면서 나는 '문제 부모 밑에 문제 아이가 있다', '아이는 어른의 모방이다.'라는 말을 절감합니다. 맞습니다. 아이의 행동을 보면 절대 닮지 않기를 바라는 악한 모습을 어떻게 그렇게 똑같이 닮았는지…. 부끄러울 정도로 닮아서 그 모습을 외면할 때가 많습니다. 동시에 아이에게는 하나님께서 심어놓으신 순수하고 선한 마음도 그대로 표현되는 것도 사실입니다.

아이들은 아이들을 만나는 사람들, 특히 교사들에게 많은 것을 가르쳐줍니다. 무엇이 옳은 것이고 무엇이 선한 것인가? 어떻게 살아야 하는가? 나는 어떤가? 여러 가지 질문을 하게 되는 상황을 만들고 상황을 해결하는 과정에서 나오는 아이들의 말과 태도를 통해 하나님이 숨겨놓으신 그 답을 얻을 때가 많습니다.

'아이는 어른의 스승이다' 너무나 식상한 말이지만 정말 맞는 말이라는 것을 교사로 계신 분들은 다 인정할 것입니다. 부모님들보다 더 많이 아이들과 있으면서 가르치는 교사들은 아이들을 통해 내가 가르친 것은 이 사회에서 배워야 할 규범과 예의, 지식인 것에 비해, 살아가는 지혜, 정직, 공의, 순수, 순전, 성실, 순수한 사랑, 정직함 면에서는 아이들이 교사들을 가르치는 경험을 빈번하게 하기 때문입니다. 여러분들은 이 책을 읽으면서 아이들이 나의 스승이 되는 경험과 아이들이 주는 지혜를 얻게 될 것입니다.

"어린아이가 내게 오는 것을 금하지 말라. 하나님 나라는 이런 자의 것이다." 예수님께서 인정하시고 하나님의 나라가 그들의 것이라고 말하는 아이들, 순수하고 정직하게, 숨기지 않고 하나님께 다가가는 아이들, 어른들의 눈으로 보면 예의 없을 수 있고, 생각 없어 보이는 것으로 오해받기 싫지만 순수하게 정직하게 말하는 아이들의 이야기, 너무 순수해서 웃음이 그냥 지어지며 행복해지는 이야기가 여기 이 책에 있습니다.

코로나와 전쟁, 경제적 어려움, 환경 파괴 등 어려워진 이 세상에 희망이 없는 것처럼 보이는 여러분께, 특히 요즘 아이들을 보면서 미래가 보이지 않는다는 생각이 드시는 분들께 추천해 드립니다. 이 책은 여러분에게 아이처럼 하나님께로 순수하게 다가가는 기회를 제공할 것입니다. 하나님께서 사람마다 심어놓으신 순전함과 정직함을 만나게 될 것입니다. 예수님께서 아이들을 더 사랑하시는 이유를 찾는 기회가 될 것이며, 하나님께서 이 아이들을 통해 이루어 가실 아름다운 미래를 기대하게 될 것입니다. 공부에 지치고 유튜브와 게임에 빠져 있어 아이들의 속마음을 듣기 점점 어려워지는 이 시대에 아이들의 마음을 이해하고 더 다가갈 수 있는 기회가 될 것입니다.

솔직한 아이들의 속마음을 만날 수 있으면서 아이의 순수함에 웃음 지을 수 있는 소중하면서도 만나기 어려운 기회를 만나 저는 굉장히 행복합니다. 더불어 마음이 무겁기도 합니다. "버릇없다. 부정적이다." 등 어른들의 프레임으로 평가되어 아이들이 상처입지 않을까 걱정이 되기도 합니다.

부디 이 책을 읽는 분들은 아이들의 정직함을 읽기를, 아이들의 순수한 속마음을 들으며 아이를 더 이해하는 기회가 되길 기도합니다. 이 책에 드러난 아이들의 정직함을 통하여 이 책을 읽으시는 분들은 자신의 생각을 내려놓고 하나님께 정직하게 서는 시간이 되길 바랍니다.

대구노변초등학교 교사 **강은숙**

차
례

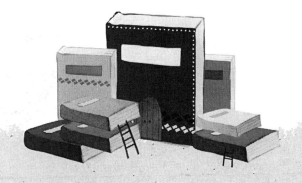

권지수

경산진량초등학교 1학년

나는 커서 어린이집 선생님이 되고 싶어요.

아이들에게 공부를 가르쳐주고 싶어요.

놀아주고 싶어요.

과자를 좋아해요.

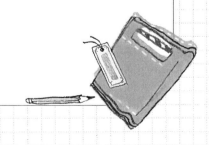

엄마아빠

엄마 아기 한 명 더 낳아주세요
아기 여동생 낳아주면 안 돼요?
제가 챙겨줄게요
제발요

학교

학교는
쉬는 시간이 짧고
수업 시간은 길다
그래서 학교는 싫다

병원

병원은 치료받으면 하나님처럼 해주니까

엄마 1

엄마는 예뻐요
엄마는 착해요
엄마는 우리를 좋아해요
우리도 엄마가 좋아요
엄마 사랑해요

귤

귤은 맛있어요
귤은 달아요
귤은 예뻐요
귤은 쌔그레요

엄마 2

엄마는 내가 센터에 있으면
늦게 온다
집에 빨리 오면
좋겠다

우리 동네

우리 동네는 재미있어요
강아지는 왈왈
고양이는 야옹야옹
내 동생은 엄마엄마

우리 동네는 신이 나요
우리 동네는 좋아요

김시아

대구신암초등학교 1학년

나의 꿈은 피아니스트입니다.

제가 좋아하는 것은 하트입니다.

좋았던 시절은 쉬는 시간입니다.

취미는 독서입니다.

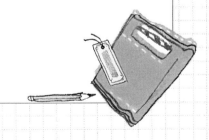

반짝이 모래 *

반짝이는 모래는 부으면 예뻐
근데 클레이에 붓고 섞으면 더 예뻐지지
거기에 예쁜 무지개를 넣고 싶어
아 그래 그거야

우와 무지개다
어 한번 당겨볼까

필통 *

필통은 연필을 넣는 자리
하지만 학교에 필통 안 가져가면
선생님이 당연히 혼내지
그러니 자기가 챙겨야지
그래야 안 혼나니까
그러니 자기가 챙겨야지

결혼

결혼은 사랑하는
사람끼리 결혼해
때론 나쁜 사람이
착한 척도 많이 해

그래도 결혼은 해야지

봄

봄은 사계절에서
꽃이 제일 많이 피는 봄

벚꽃 예쁘게 피었네
장미도 예쁘게 피었네
모든 꽃 예쁘게 피었네

여름

여름은 너무 더워
매미도 울고 시끄러워

그래도
시원한 바다에서 놀 수 있잖아
수박도 먹을 수 있잖아

박지유

대구학남초등학교 1학년

나는 키가 작아도 달리기를 잘한다.

시를 쓰면 좋다.

작가가 되는 기분이다.

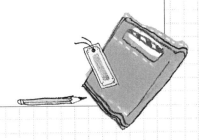

교회

교회는 날마다 바뀌는 것 같다
쪼르르르르 자리가 바뀌는 건가
모양이 바뀌는지 모르겠다
글쓰기 하러 갔을 때는
벽에 시계가 없고
교회 갔을 때는 시계가 있다

땀

밥을 먹고 놀았다
오빠가 내가 모르는 오빠랑
놀고 있었다

오빠 귀 옆에 땀이
이마에도 땀이
눈물처럼 흐르고 있었다

피를 흘리는
귀신 같았다

구름

구름은 얼마나 크면 차가 달려도
끝이 없는 걸까

구름은 얼마나 멀면
손에 안 잡힐까

왜냐면 가벼워서
하늘로 날아가
나도 구름처럼 날고 싶다

구름은 커서 횡단보도를
안 건너도 되니까
학교에도 금방 도착하니까

팔찌

내가 팔찌를 만들고 있었는데
팔찌가 펑 터질 줄 알았는데
안 터졌지

내가 팔찌를
몇 개 만들었냐면
바로 바로
세 개

왜냐면
우리 가족이 세 명이니까

키

나는
의자에 일어서면
엄마보다 크고
침대에 올라가면
아빠보다 작고

나는 고양이보다 크고
팬더보다는 작고

키가 커서
좋은 점도 있고

키가 작아서
좋은 점도 있고

점

점은
코딱지만큼 작다
점을 콕 찍으면
작은 동그라미 같다
콕1 콕2 콕3 콕4 콕5
점이 5개

점은
구슬 같다

점이
굴러간다

떼구르르
점이
굴러간다

이예을

대구운암초등학교 1학년

나에겐 언니가 있다. 언니는 그림을 잘 그리지만 누가 보는 걸 싫어한다. 나도 보여주는 게 부끄럽다. 엄마는 다섯 번 똑같은 말을 하면 화낸다. 아빠는 뽑기를 많이 해준다. 나는 책상을 잘 안 치운다. 나에게는 친구가 6명 있다. 젤 친한 친구는 리아. 이 아이는 밝고 기쁜 성격이라서 어린이집에서 친했다. 은주는 여섯 살에 알아서 친구 하기로 했다. 지원이는 지우랑 같이 놀아서 친구 하기로 했다. 민주는 다섯 살 때 친구 하기로 했다. 연진이는 입학식 날 일찍 와서 친구 하기로 했다. 예진이는 그냥 친구 하기로 했다.

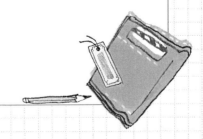

강아지 ✦

강아지가 있는데
여자 강아지가 들어와
얘기를 합니다

코로나 ✦

코로나가 생겼다
코로나가 없어졌으면 좋겠다
어머니가 곧 없어진다고 했다

우리 엄마

우리 엄마는 일을 하신다
우리 엄마는 일을 해도 땀이 나지 않는다
왜 그럴까?

아빠

오른쪽 잇몸이 부었다
그래서 아빠랑 치과에 갔다
그래서 무서웠다
근데 아빠가 괜찮다고 했다

이지호

동대구초등학교 1학년

나는 세상의 모든 도마뱀을 키우고 싶습니다.

또 나는 축구를 좋아합니다.

또 글쓰기가 재밌습니다.

똥파리를 싫어합니다.

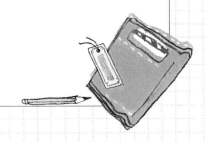

친구와 나

놀이터에서 친구를 만났다
친구가 놀자고 해서 놀았다

갑자기 비가 왔다
친구가 우산을 빌려줬다

비가 그치고 무지개가 떴다
친구와 나는 손잡고 갔다

동생

말 안 듣는다
뺏어 먹는다
부서뜨린다
그건 바로 동생

동생은 부럽다
자기 마음대로 한다

장난감 갖고 싶다

장난감 갖고 싶다
엄마 장난감 사주세요

엄마가 안 된다 한다
장난감 갖고 싶다

아빠에게 말해보기로 했다
아빠 장난감 사주세요
아빠도 안 된다고 했다

하지만 삼촌만은
내 말을 들어 준다

과자

과자 과자 맛있는 과자
과자는 맛있다

하지만 우리가 과자를 먹으면
과자가 꼭 아플 거야
우리 이도 썩을 거 같아

이는 썩고
과자는 아플 거야

아빠엄마

예쁜 우리 엄마
착한 우리 엄마
날 기다려주고
맛있는 것도 주는
반가운 엄마
날 낳아주신 엄마
날 사랑해준 엄마

아빠도 날 사랑해준 우리 아빠
그러니 엄마아빠 나도 사랑해요
멋진 우리 아빠
착한 우리 아빠
날 기다려주고
맛있는 것도 주는
반가운 아빠

날 낳아주신 아빠
날 사랑해준 아빠
그리고 엄마도 사랑해요

임주하

대구신암초등학교 1학년

글쓰기를 다니면서 재미있었습니다. 저의 취미는 줄넘기, 합기도, 킥복싱, 발차기, 중수빼기, 하수빼기, 상수상단, 피구, 그리고 아주 많습니다. 합기도에서 배우는 건 다 취미입니다. 소원은 강아지 키우기입니다. 오빠의 키는 130정도 됩니다. 몸무게는 28.8킬로그램입니다. 좋아하는 음식은 햄버거, 치킨, 짜장면, 피자, 짬뽕, 스파게티, 김치, 과일, 고기를 좋아합니다. 꿈은 간호사와 선생님입니다. 폰은 없습니다. 안경도 안 썼습니다. 이상입니다.

엄마 사랑해요

엄마 사랑해요
꼭 껴안아 주세요
엄마 사랑해요
쪼옥 뽀뽀해 주세요
엄마 사랑해요

교회는 재미있다

교회는 재미있다
교회에서 하나님도 만나고
찬양도 하고
기도도 하고
하나님 말씀도 듣고
정말 재미있다
매일매일 가고 싶은 교회

코로나

코로나는 진짜 싫다. 코로나 때문에 밖에 나갔다 오면 손 씻기도 귀찮고 또 밖에 나갈 때 마스크 쓰기도 귀찮고 마스크 쓰고 나가면 답답하다. 벗고 싶다. 코로나가 있는 건 좋은데 코로나가 사람들을 괴롭히니 난 좀 안 좋다. 코로나가 전 세계 사람들을 안 괴롭히고 얌전하게 있으면 괜찮은데 자꾸 사람들을 괴롭히니깐 나는 싫다. 코로나가 가만히 있었으면 좋겠다. 그럼 코로나가 우리 세상에 같이 살 수 있다. 진짜 그래서 코로나가 얌전히 전 세계 사람들을 안 괴롭히고 우리를 도와주고 얌전히 있었으면 좋겠다.

엄마

우리 엄마는 훌륭하다. 아침 근무는 새벽에 나가서 오후
에 오고, 오후 근무는 오후에 가서 밤 12시에 오고 그래
서 우리 엄마는 책임간호사다. 우리 엄마는 하루에 20만
원에서 30만 원까지 벌어온다. 그래서 나는 놀러 가고 예
전에는 여행도 가고 엄마는 대단하다.

필통 모양과 색깔

필통은 여러 가지 모양이다
길쭉한 필통
사각형 필통
여러 가지 모양이다

색깔은 여러 가지다
빨간색 필통
주황색 필통
아무튼 엄청 많다

종♪

땡땡 종이 울렸다. 수업시간 종이다. 1교시에는 수학을 했다. 땡땡 종이 울렸다. 2교시에 울리는 종이다. 2교시에는 국어를 했다. 땡땡 종이 울렸다. 3교시 울리는 종이다. 3교시에는 봄 책을 했다. 땡땡 종이 울렸다. 쉬는 시간에 울리는 종이다. 즐겁게 놀았다. 땡땡 종이 울렸다. 아쉬운 쉬는 시간이 끝났다. 너무 아쉽다. 땡땡 종이 울렸다. 4교시 울리는 종이다. 4교시에는 안전한 생활을 했다. 땡땡 종이 울렸다. 급식 먹으러 갈 시간에 울리는 종이다. 맛있게 급식을 먹고 땡땡 종이 울렸다. 5교시 울리는 종이다. 5교시에는 소프트웨어와 정보를 했다.

후무후무누쿠누쿠아푸아아

후무후무누쿠누쿠아푸아아는
물고기 이름이다

너무 길어서
처음에는 못 기억해
이제는 잘 기억할 수 있다

그래도 너무 길다

정유은

대구유가초등학교 1학년

장래 희망은 뭐든지 잘하는 만능 엔터테이너입니다.

수학문제 푸는 것을 좋아하고, 벌레를 엄청 싫어합니다.

우리 가족

우리 가족은
엄마, 아빠, 동생, 나 이렇게 있어

든든한 우리 아빠
이쁘고 착한 우리 엄마
귀여운 우리 동생

하루하루 지나보면
엄마 아빠의 마음을 알 수 있어

바로
따스한 마음을

내일

오늘을 소중히 아끼고
내일도 소중해

매일매일 소중히 하면
나의 꿈을 이룰 수 있어

그래서 나도 꿈을 이루기 위해
소중히 하고 있지

오늘도 소중히
내일도 소중히

자연

자연은 따뜻한 바람이 불고
새들은 노래를 부르고
꽃들은 이쁜 들판이 되어주고
나무는 공기를 상큼하게 해줘
자연은 이쁜 거야
너처럼

콜라 한입

콜라 한입 먹으면 트림이 꺼억!
엄마도 꺼억!
아빠도 꺼억!
우리 가족 모두가 꺼억! 꺼억!
이웃집도 꺼억!
세계가 꺼억!
트림이 절로 나와

최주원

대구수창초등학교 1학년

꿈은 경찰이 되고 싶어요.

좋아하는 것은 샤오미 밴드예요.

잘하는 것은 태권도입니다.

싫어하는 것은 다 좋아서 없어요.

사랑하는 마음이 있는 시를 쓰고 싶어요.

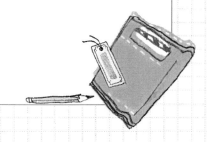

형아

잘생긴 형아
삼촌보다 멋지다

선생님께 간식을 받으면
나에게 준다

아빠는 장난을 치고
형아는 멋지고 장난을 더 잘 친다

고마웠다

밴드에게

고맙다
다칠 때마다
네가 붙어줘서 고맙다

그런데 샤워할 때 하얗게 돼서
떼버리고 샤워했다

쓰레기통에 버린 밴드는
내가 밴드를 붙여서
참 기뻐할 것 같다

하나님

하나님은 느린 내 공부를
빠르게 해주셔서 잘하게 되었다

하나님은 하늘에 있다
하늘에 계신 우리 아버지니까

내 옆에도 항상 있는데
안 보인다
내 눈은 독수리 눈인데

보고 싶다
하나님이 보이는 눈이 되고 싶다

김해단

동대구초등학교 2학년

나의 꿈은 카페 사장이 되는 것이고

콩, 토마토, 가지를 싫어해요.

글쓰기 교실을 하면서 글 쓰는 방법을 알게 되었고,

유튜브를 좋아하는 나는 인싸예요.

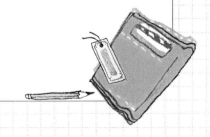

눈송이

눈은 보송보송
눈은 겨울에 눈이 오나

산타 할아버지는
겨울 같은 크리스마스에 오신다

산타 할아버지는 우리들에게 선물을 주다니
산타 할아버지는 부자일까?

꽃 봄

빨강이는 봄꽃 중 장미로
분홍이는 봄꽃 중 벚꽃으로
하양이는 봄꽃 중 튤립으로
여름 가을 겨울 되면
꽃 모두 진다

두 계절

겨울 사람은 아이스크림을 먹으러
cu에 간다

유리에 아이스크림을 얹고
겨울 사람은 조금만 있다
하늘로 올라간다

봄 사람이 왔다
봄 사람은 꽃을 만들고
봄 사람이 하늘로 가며 꽃이 없어진다

가을 색이

가을에 노랑이는 은행잎이 좋다고
은행잎으로 가고

빨강이는 단풍잎이 좋다고
단풍잎으로

파랑이는 하늘이 좋다고
하늘로 간다

예수님

예수님은 착하시다
예수님은 못 박혀 죽으셨지만
어느 날 무덤에서 다시 살아나셨다

그래서 살아있는 자와 죽은 자를
심판하러 오십니다

사계절 찾아오는 친구들

봄은
꽃, 나비, 벌 친구가

여름은
쨍쨍한 햇님, 해바라기, 모기 친구가

가을은
은행잎, 단풍잎, 살살 부는 바람 친구가

겨울은
눈사람, 눈, 바람 친구가

무서운 시간

우리들 시간 중
끝이 없는 시간

무서운 시간은
수업 시간 공부 시간 학원 시간

하지만
더 무서운 시간은
끝없이 흘러가는 시간

박상준

대구동신초등학교 2학년

저는 커서 소방관이 될 것이고 피자를 좋아해요.

레몬은 싫어요.

새 구경하는 걸 좋아하고 때리고 도망치기를 좋아해요.

글쓰기 교실에서 간식을 줘서 좋았어요.

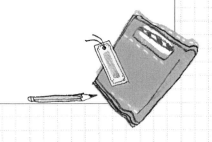

너구리와 만난 나

가족여행을 갔는데
밤에 쓰레기 뒤지고 있는
너구리를 봤다
너구리를 보니
잡고 싶었다

그래서 또 내일
수박을 두고
사진을 찍겠다

근데 잠이 들어서
너구리를 못 찍었다

강병구 목사님

나는 목사님을 맨날 때린다
키가 크셔서 때릴 곳이 많다
다리가 길어서 금방 잡힌다

티브이

티브이는 맨날 봐도 잼있다
그리고 또 봐도 잼있다
티브이는 계속 계속 봐도 잼있다
티브이는 맨날 봤으면 좋겠다
근데 보려고 하면
엄마가 끄라고 한다
엄마한테 혼나도 계속 볼 것이다

친구

금요일만 놀 수 있어서 아쉽다
그래도 친구가 좋다
매일매일 친구랑 놀았으면 좋겠다
나는 친구랑 사이가 좋다

소방관

소방관은 불을 꺼서 멋지다
소방관이 없으면 안 된다
소방관이 있어서 다행이다
소방관은 어디든지 간다
소방관은 물불을 안 가린다

피자

피자는 맛있다
피자는 치즈가 있어
쭉 늘어나서 재미도 있다
피자는 먹는 것일까
장난감일까

강아지

강아지는 귀엽다
강아지는 털이 복슬복슬하다
강아지는 왜 있을까
강아지가 오래오래 살았으면 좋겠다
강아지가 안 다쳤으면 좋겠다

백주혜

대구강동초등학교 2학년

제 꿈은 화가입니다.

취미는 그림 그리기입니다.

소원은 살아있는 것처럼 그리는 게 소원입니다.

글쓰기에서 노는 게 재밌습니다.

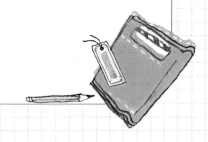

엄마와 아빠가 아프다 *

엄마는 한쪽 팔이 어제부터
아프다 아프다 하고

아빠는 허리가
아프다 아프다 하고

엄마는 아침에 팔 아프니깐
건들지 말라 하고

아빠는 허리에 붙였던 파스를
다 뗐냐고 물어 본다

마음 농장

농장에서 쑥쑥 자라는 채소들
마음이 쏙쏙 하고 나왔네

채소를 나누어주다 보면
언젠간 마음이 더 커져 간다

마음은 같이 나누면 두 배가 된다

흙

흙은 쓸모없는 게 아니다

꽃은 아무리 예뻐도
흙이 없으면 못 자라 난다

사람은 아무리 커도
땅이 없으면
떨어지게 된다

앵무새

앵무새는 따라쟁이
내가 응 하고 말하면
응--응--응
말하고
내가 그래 오케이 말하면
오케이 오케이

그래그래
앵무새는 따라쟁이
앵무새는 언제까지
따라 할까?

돌고래

와 돌고래가 점프 점프
와 돌고래가 숨 쉬러 왔구나
돌고래가 노래하나봐

돌고래랑 함께
바다를 다니면서 구경하고 싶다

생각에 남는 시

생각에 남는 시는
좋은 시
간절한 시
꾸밈없는 시
거짓 없는 시
너무 과하게 지은 게 없는 시

이런 게 다
생각에 남는 시다

개미처럼

개미들은 일해
우리 엄마처럼

여왕개미는 놀아
나처럼

개미들은 작아
사촌처럼

개미들은 친구를 부르고
남이랑 싸우고

이길 때도 있고
질 때도 있고

개미들에겐 우리가
거인처럼 보일 거야

민채윤

대구동신초등학교 3학년

내 꿈은 멋진 피아니스트가 되는 것입니다.

그리고 내 취미는 피아노 치기와 글쓰기입니다.

나는 이렇게 글쓰기 교실을 하면서 시 쓰는 방법도 배우고

멋진 글도 쓰는 것이 참 좋았습니다.

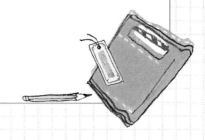

친구

나에게 행복이 되어주는 친구
나는 친구에게 어떤 친구일까?
슬플 때도 기쁠 때도
나와 함께 해주는 친구
계속해서 함께 웃고 놀고 싶어
나에게 친구는 꼭 있어야 할 존재야

바다

하나님이 만드신 바다 시원하다
여러 가지 소리가 난다
출렁출렁 철썩철썩
나에게 바다는 보물이다
우리에게 필요한 소금도 얻게 해주고
갈매기도 볼 수 있고

나무

나무야 아프지 않니?
가을이 되면 나뭇잎이 떨어지고
종이를 만들려면 나무가 필요하니
아프지 않니?

또 가을이 되면 노란색
빨간색 옷을 입는데
불편하지 않아?
추운 겨울에 춥지는 않고?

내가 너라면 참 불편하고
아프고
추울 거 같은데
난 널 도와주고 싶은데

좋은 이미지? 나쁜 이미지?

좋은 행동
친구들에게 잘 대하는 친구는 좋은 이미지가 될 수 있고

나쁜 행동
친구들을 괴롭히는 사람은 나쁜 이미지가 될 수 있어
선생님께서 말씀하셨다

난 무슨 이미지일까?
머릿속이 복잡하다

코로나

코로나 때문에
많은 사람이 아프다
매일 마스크도 쓴다
매일 혼자 심심하다

그놈의 코로나!
왜 나타났을까?
제발 없어져라!
코로나

별

작은 집
큰 집마다
창문이 있다면 별이 보인다

늘 까만 밤하늘에
반짝반짝 멋진 별
별은 무엇일까?

별을 가지고 싶다

피아노 ♪

예쁜 소리를 내는 피아노는
내 보물

여러 가지 소리를 내서
사람을 행복하게 해줘

피아니스트는 내 꿈
그래서 내 보물이야

내 피아노 소리로
희망 잃은 사람들에게도
희망을 다시 선물하기 위해
내 꿈이 피아니스트야

내 보물이 항상 날 행복하게
해주었으면 참 좋겠다

내 보물 피아노

서예린

대구동성초등학교 3학년

저의 장래희망은 화가입니다.

그리고 예수님을 알리는 사람이 되고 싶습니다.

초코 케익, 만들기, 그리기를 좋아하며,

귀찮은 것과 공부를 싫어합니다.

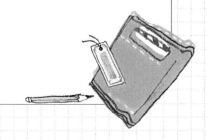

나뭇잎

나뭇잎은 동글동글
동글동글한 나뭇잎을 만져보면 매끌매끌

나뭇잎은 뾰족뾰족
뾰족뾰족한 나뭇잎을 만져보면 까칠까칠

동글동글한 나뭇잎은 마음이 동그랗나?
뾰족뾰족한 나뭇잎은 앗! 따가워
성격이 뾰족하네

시험지

아, 심장이 콩닥콩닥
'몇 점 맞았을까? 100점, 0점?'
시험지 받는 줄을 설 때 정말 떨려

아 몇 개는 커다란 눈덩이고
몇 개는 빨간 비가 주룩주룩

눈덩이만 오면
정말 좋고 행복하겠네
'더 노력해야지! 아자아자!'

쭈욱쭉 동물원

코가 쭈욱쭉 긴 코끼리
긴 코를 쭈욱쭉 손으로 쓰네

목이 쭈욱쭉 긴 기린
긴 목을 쭈욱쭉 밥 먹을 때 쓰네

꼬리가 쭈욱쭉 긴 원숭이
긴 꼬리로 쭈욱쭉 나무를 타네

몸이 쭈욱쭉 긴 뱀
긴 몸이 쭈욱쭉 잘 미끄러지네

임주혁

대구신암초등학교 3학년

저의 꿈은 판사입니다. 저는 게임 유튜브를 좋아합니다. 미역 줄기, 버섯, 가지를 싫어합니다. 저는 취미가 정리입니다. 그래서 항상 방이 깨끗합니다. 몸무게는 24kg, 키는 130cm 정도 되고 안경을 꼈습니다. 좋아하는 과목은 체육, 미술, 사회, 수학입니다. 좋아하는 음식은 스파게티, 스테이크, 피자, 치킨, 햄버거, 라면입니다. 에어프릴 침산점, 합기도 대구관, 책 나무를 다닙니다. 폰은 깨졌습니다. 제가 조금 작아서 동생이 누나라는 소리를 아주 많이 듣습니다. 대구신광교회 글쓰기 교실을 다니면서 시를 쓰는 건 참 힘든 것이라고 느꼈습니다. 저는 이다음에 커서 좋은 시를 많이 쓰고 싶습니다.

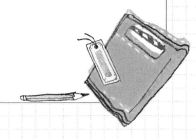

우리 가족은 엄마 빼고 다 파마머리입니다. 엄마는 간호사입니다. 아빠는 박사입니다. 아빠는 특허도 있습니다. 논문도 씁니다. 저는 우주와 우리 몸에 관심이 많습니다. 합기도 노란 띠입니다. 6월 달에 초록 띠가 됩니다.

저의 반은 23명입니다. 여자애 1명 전학 갔고 남자애 1명 전학 갔습니다. 그래서 23명입니다. 원래는 25명입니다. 남자애는 얼굴도 못 봤고 여자애는 얼굴을 봤습니다. 우리 반에 좋아하는 사람이 있습니다. 선생님은 여자입니다. 3학년은 5반까지 있습니다. 제가 2학년 때 학교에 너구리가 들어왔습니다. 여자애가 전학 갈 때 여자들은 울고불고 난리가 났습니다. 1학년 교실은 리모델링이 됐습니다. 1학년 때는 3반, 2학년 때는 3반이었습니다. 1, 2학년 선생님 모두 여자입니다. 어린이집은 e편한세상 안에 있는 어린이집을 나왔고, 유치원은 강남 유치원, 꿈꽃 유치원을 나왔습니다. 저는 e편한세상에서 센트럴파크로 이사했습니다. 어렸을 때 뜨란채인가 휴먼시아인가 잘 모르겠지만 이 둘 중 하나에 살았습니다. 이사는 2번 갔습니다. 5학년 때 수성구로 이사할 예정입니다. 이상 자기소개 글을 마치겠습니다.

비

쏴아아 쏴아아
비가 내립니다

주룩주룩 비가
내립니다

뚝 뚝
비가 내립니다

무지개

알록달록 무지개
알록달록 무지개처럼
어울려야지
예쁜 우리

사계절

봄은 따뜻해서 좋고
여름은 더워서 좋고
가을은 쌀쌀해서 좋고
겨울은 추워서 좋다
사계절 모두 좋다

여름

여름아 여름아 오지 마라
너 때문에 하루 종일
버스에 사람 채워놓고
낑겨 있는 것 같다
여름아 오지 마라

파마

꼬불꼬불 파마
라면 같은 파마
맛있겠다

파마 뜯어먹고 싶다
파마

물병 속

물병 속을 보니
반짝반짝 빛이 나고

오색 빛깔 무지개가 뛰어노는
작은 쉼터

쉬는 시간

수업 시간이 끝나고
드디어 쉬는 시간
창가로 달려가 바람을 쐰다

그때 들려오는 목소리
나랑 놀래?

채윤서

대구팔공초등학교 3학년

저는 10살이고 여자입니다. 장래 희망은 예쁜 아이돌이 되는 것입니다. 올해의 목표는 공부를 열심히 해서 댄스학원에 가는 것입니다. 엄마가 공부를 잘하면 보내준다고 했습니다. 제가 아이돌이 되면 사람들에게 감동적인 음악을 들려주고 싶습니다. 또 돈도 많이 벌어서 엄마 아빠한테 새 차도 뽑아드리고 전원주택이랑 명품도 사드리고 싶습니다. 저의 취미는 그냥 까불기입니다. 밖에서는 안 까불지만 집에서는 엄청나게 까붑니다. 우리 가족은 엄마, 아빠, 나입니다. 나는 동생이나 언니가 없어서 외롭습니다. 제 친구들이 자기 동생을 데리고 가라 할 정도입니다. 저는 그래도 우리 가족을 사랑합니다.

친구

기쁠 때도 슬플 때도
항상 함께하는 게
진정한 친구야

슬플 때도 위로해주는 게
완벽한 친구야

기쁠 때는 같이 기쁘고
슬플 때는 같이 슬프고

함께해주는 친구가
가장 완벽하고
진정한 친구야

사람의 계절

사람의 계절
사람의 마음
그 사람을 누군가가 안아줄 때
봄, 따뜻한 봄

그 사람이 욕심이 많을 때
여름, 뜨거운 여름

그 사람이 혼자 있을 때
가을, 쓸쓸한 가을

그 사람이 누군가에게 버림받았을 때
겨울, 차가운 겨울

사람의 마음
소중한 마음의 계절

노래

노래는 우리를 즐겁게 하고
노래는 우리를 기쁘게 하고
노래는 우리에게 감동을 주고
노래는 우리를 슬프게 하고
노래는 우리를 놀랍게 하고
노래는 우리를 환하게 비춰줘
노래가 우리에게 감정을 줄 수도 있지

짝 없는 꽃

잎 없는 꽃
짝 없는 꽃
바람이 잎을 뺏어가 외로운 꽃

어디에 갔니? 외쳐보지만
아무 말 없이 사라진 꽃잎

돌에 있는 불쌍한 꽃
친구가 생기는 그날만을 기다려

애완 돌멩이[※]

돌멩아 돌멩아
우리 엄마 애완견 하나 안 사준다

돌멩아 돌멩아
우리 아빠 고양이 하나 안 사준다

밖에 나가
내가 너라도 주워서
돌멩이 하나 주워서

집에 가져가
너라도 키우고 싶다

나뭇잎

나뭇잎이
내 머리 위에 앉았네

나뭇잎이
내 손 위에 앉았네

나뭇잎이
내 어깨 위에 앉았네

나뭇잎아, 내가 그렇게 좋으니?

바람

아무도 모르듯이 지나가는 바람
나를 그냥 지나치는 바람

바람
쓸쓸한 바람아
왜 나를 지나치고 가니?

나를 안고 가주렴
나를 나뭇잎과 함께
날아가게 해주렴

김나단

동대구초등학교 4학년

나의 꿈은 래퍼고 게임, 유튜브를 좋아한다.

그리고 우유, 귀신을 싫어한다.

글쓰기 교실을 하면서 재미있었고

쉬는 시간에 누울 수 있어서 좋았다.

폰

엄마 폰 사줘요
내 폰 뒤는 아예 깨졌고
반과 집에서 나 혼자 LG고
폰 필름도 깨졌고
계정도 이상하고
포켓몬고도 안 되고
쿠키런 킹덤 업데이트도 안 돼요

키즈폰이라도 괜찮으니깐
폰 사줘요

홍수

홍수야 저리 가라
나는 니가 싫다
점점 올라가지 말고
바다로 다시 가라
홍수야 저리 가라

공부하려고 말만 ♬

쓱쓱쓱
공부하려고 치우고 있다

이제 공부 시작하려니
목이 말라서 물을
울컥울컥 물을

이제 또 공부 시작하려니
배가 고프다

공부는 대체 언제 시작할지
모르겠다

반 배정

이번에 반 배정이 잘 안된 것 같다
선생님은 첫날부터 혼내시지
일기도 매일 써야 하지
점심시간이 끝나면 청소해야 하지
친구들도 거의 무시하고
좀 조용히 있고 싶은데
조용한 시간이 없어서

내가 좋아하는 수학 시간도
너무 길다
40분이 2시간인 기분이다

집들이하자

진혁아 내 집에서 집들이하자
영훈아 내 집에서 집들이하자
지환아 내 집에서 집들이하자

내 집에 과자도 있고
침대랑 책상도 다 샀고
놀이터에 트램펄린이랑 집라인도 있으니깐
우리 집에서 집들이하자

특징

우리 엄마는 우리 집을 치우고 점심 먹고
10분쯤 쉬다가 공부 가르쳐주고
아빠가 오면 밥 차리고 설거지하고 잔다
우리 아빠는 회사에 가서 돈을 벌고
집에 와서 우리랑 놀아주고 유튜브 보다가
동생이 게임하자고 할 때
흔쾌히 허락해 주신다

박상훈

대구동신초등학교 4학년

제 이름은 박상훈입니다.

꿈은 정하지 않았지만 엄마는 저한테 공부를 많이 시킵니다.

글쓰기 교실을 한 뒤로 생각이 잘 되고

글쓰기 대회에서 2등도 했습니다.

글쓰기를 하니까 생각이 더 많아지는 것 같습니다.

아빠엄마

우리 아빠는
열심히 일하시는 것 같으면서
힘들어하지 않으시고
돈을 많이 벌어 오신다

엄마는 주식을 하신다
엄마는 또 집안일을 많이 하신다

그래서
엄마 아빠 둘 다 우리를
위해서 열심히 일하신다

형아의 위치

형아는 미밴드가 있는데도
용돈을 긁어모아 제일 비싼
워치를 샀다

나는 형아가
욕심이 많고 순진한 것 같다

형아와 친구

형아는 글쓰기 교실을 할 때마다
친구랑 같이 앉는다

형아하고 친구는
수업 시간에 이야기를 나누고
같이 시를 쓴다

나는 그게 형아가
공부하면서 쌓인 스트레스를
푸는 것 같다

어린이날 선물

이번 주 목요일 날
엄마가 교정을 늦게 하면
수술을 해야 된다고
형하고 동생도 교정을 했다

내가 제일 덜 아픈 거라 다행이다
나는 이게 10~20만 원 정도 될 줄 알았는데
총 500만 원이라 그랬다

우리를 위해서 엄마 아빠는
돈을 얼마든지 쓸 수 있는 것 같다

내 동생

내 동생은 자주 밉습니다
내가 가만히 있어도 박치기하고 때립니다
어릴 때도 자꾸 깨물어서
별명이 사자였습니다.

하지만
동생은 양보도 해주고
장난기가 많은 것뿐입니다

가방

형아는 예전에 가방을
맨날 들고 다녔다
내가 왜 그러냐고 했더니
가방이 편하다고 했다

형이 나도 가방을 쓰라고 했다
그래서 써봤더니 엄청 편해서
가방 없으면 못 나가게 됐다

착하고 나쁜 놈 ✿

내 동생은 늘 밉습니다
그러다가도 착하고
엄마한테 이르면 덜 컸다고 봐주라고 합니다
난 그런 동생이 하늘을 찌를 정도로
밉다가도 착해 보입니다
정말 어떡해야 될까요?

박하랑

대구범어초등학교 4학년

나의 꿈은 소아정신과 의사이다.

왜냐하면 정신적으로 아픈 친구들을 위로해주고 싶기 때문이다.

그리고 내 취미는 친구들과 소통하기이다.

친구와 이야기하면 서로를 더 알 수 있다.

난 말을 잘하고 친구와 소통을 잘한다.

글쓰기 교실을 하며 여러 시를 읽고 마음을 수련하는 것 같다.

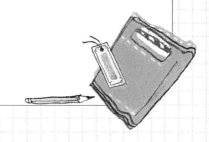

아이 ♪

버려진 아이
입양된 아이
부자인 아이

왜 다 다르지?
차별받고 노예인 아이
재능을 가진 아이

난 생각해
모든 아이가 평등해야 한다고

사과

내가 너에게 피해 주었을 때 만드는 마법
내가 너에게 잘못했을 때 만드는 마법

조용히 만드는 마법

우리의 사이를 돌려주는 마법은
바로 사과
사과는 우리의 마음 줄

사람

사람은 다 달라
왜냐하면
성격이 다르거든

사람은 다 달라
왜냐하면
좋아하는 게 다르거든

사람은 다 달라도 괜찮아
왜냐하면
행복을 나누거든

친구

모든 사람은 자신의 친구가 특별하길 바라
하지만 난 내가 특별해져 그 친구에게 특별한 친구가 되고 싶어
왜냐하면 꼭 자기 친구에게 바라기보다
내가 해보는 건 어떨까?

우리 할머니

우리 할머니 손은
많이 주름졌다

매일매일 쉬지 않고
집안일만 한다

좀 쉬시라고 해도
시도 때도 없이 일하는 할머니

우리 할머니는 일 바보

진짜 친구

뚝
실수로 친구의 물통을 떨어트렸다
그것도 화분 안으로

친구의 물통이 더러워졌다
친구가 화를 불같이 낸다

"미안해, 깨끗이 씻어줄게"
그러자 친구가 말한다
"아니! 내가 씻을 거야"
왜 자기가 씻는다고 할까?

다음 날 학교에 왔다
쪽지가 있다
읽었는데
눈물이 난다

친구가 씻어준다고 한 이유는
자신이 화를 낸 게 미안하고
물통을 꺼내 떨어지게 둔
자신이 잘못이라고 생각한다고

난 말한다
"미안해"

답답한 나

친구들이 얘기한다.
"너 진짜 그거 할 거야?"
"넌 좀 아니야"
"하지 마!"
이런 말을 던지는 친구들에게
"응원 안 할 거면 나한테 그런 소리 하지 마"
라고 하고픈데 못 하겠다
정말 답답한 나

박하민

대구대성초등학교 4학년

저는 과학을 좋아합니다.

내장기관은 싫어합니다.

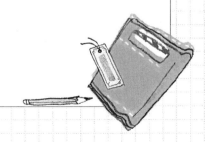

하나님

하나님은 처음에 빛을 만들고
하늘을
땅과 바다와 식물을
해와 달과 별을
새와 물고기를
마지막으로 사람을 만드셨다

그래서 전도사님의 말씀을 들을 때마다
설렌다

책

책
그림책, 동화책
책이면 다 좋아

책
위인전, 영어책
책이면 다 좋아

책
만화책, 과학책
책이면 다 좋아

이예음

대구운암초등학교 4학년

나의 꿈은 수의사나 보석 사냥꾼이다. 수의사가 되고 싶을 때는 언제나 고양이들이 생각난다. 고양이들이 아파하는 모습이 불쌍하다. 보석 사냥꾼이 되고 싶을 때는 언제나 바위가 생각난다. 바위를 깰 방법이 무엇인지 고민된다. 나의 소원은 못 알려준다. 소원을 말하면 이루어지지 않을 것 같다. 취미는 그림 그리기다. 그리고 좋아하는 것은 고양이다. 나의 특징적인 것은 물혹이 잘 생기고 왼쪽 팔 힘이 오른쪽보다 세다. 그리고 나의 발목 오른쪽 왼쪽에 부주상골 증후군 때문에 한 번 삐면 아프다.

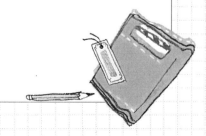

10분

시를 외우자
10분 안에 시를 외우자

딸깍딸깍
딸깍딸깍
시간이 가고 있어

우리는 시를 외우네
10분 안에 시를 외우네

딸깍딸깍, 딸깍딸깍

지우개

내 지우개가 사라졌다
감쪽같이 사라졌다

지우개야 어디 있니?
부드럽게 쓰지 않아 도망쳤니?

내가 잘해줄게 지우개야
다시 돌아와 지우개야
다시 돌아와 지우개야

내가 잘해줄게

꿈 이야기

속닥속닥 소근소근 이야기하는 소리
나에 대해 이야기하는 소리

내가 하지 말래도
소근소근 속닥속닥

내 기분이 안 좋아진다

예옹이

예옹아 예옹아
너는 작은 누나가 괴롭혀도
너는 작은 누나가 때려도
왜 계속 참니?

예옹아 예옹아
너는 양순이가 괴롭혀도
너는 양순이가 엄마를 차지해도
왜 계속 참니?

예옹아 예옹아

고양이 인형

어린이날 선물을 사러
우일완구에 다녀왔다

사람도 많고 동생이 계속
말을 걸어 짜증이 났다

그런데도 엄마는 나에게
귀여운 고양이 인형을 골라 주셨다

처음엔 부족하고 슬펐지만
엄마가 인형을 골라준 덕에
고민을 많이 하지 않았다

계란밥

나는 계란밥을 좋아한다
왜냐면 잘 흩어져서

나는 생각했다
마치 계란밥의 모습이
나와 내 동생같이 흩어져서

나는 이제 계란밥처럼
흩어지지 말고

찹쌀떡처럼 동생과
사이좋게 지내야겠다

샤프

샤프가 고장 났다
샤프심이 굵어서 그랬다

집에 간다면
엄마에게 혼날까 봐
조마조마하다

이예림

대구한샘초등학교 4학년

나의 꿈은 바이올리니스트입니다.
나의 취미는 바이올린 연주, 미술입니다.
내가 좋아하는 것은 음악, 미술이고
싫어하는 것은 벌레입니다.
글쓰기 교실에서 시는 어떤 것이
진정한 시인지 배워서 좋았습니다.

귤

한입도 먹지 않은 동글동글한 귤은
보름달 귤의 한 조각은
눈썹 같은 초승달
앗!
내가 귤을 다 먹으니
달이 없어졌네

꽃

나는 꽃이다
나는 나무가 되고 싶은 꽃이다
하지만 나는 나무가 될 수 없는
약한 꽃이다

할머니

할머니 집에 왔다
할머니는 나를 와락 안아주시면서 반겨주셨다
할머니의 손은 차갑고
울퉁불퉁했지만
할머니의 마음만큼은
따뜻한 물 같다

개미

개미들이 줄을 지어 간다
자세히 보니 한 마리가 다쳐서
다른 개미들이 도와주는 것 같다

개미들은 참 착하다
다른 개미가 다치면 도와주고

다른 곤충들도
친구가 다치면 도와줄까?

마음

넓고 넓은 바다지만
사람의 마음은 바다보다
지구보다 넓다

모든 것은
사람이 무언가로 채울 수 있지만

사람의 마음은 누군가로
무엇이라도 채울 수 없다

시계

시계는 왜 계속 같은 곳만 돌까?
시계는 누구를 태우고 있는데
시계가 둥글어서
계속 같은 곳만 도는 줄 모르나?
시계에게 같은 길 말고
새로운 길도 만들어 주고 싶어

바람 부는 날*

바람 부는 날
나는 밖에서 양팔 들고
바람을 느낀다

내 몸은 날아가지 않지만
내 기분과 마음만은 날아가네

이유건

대구황금초등학교 4학년

나는 장래희망이 시인이고
힘든 사람을 도와주는 사람이 되고 싶다.
좋아하는 것은 축구이고
싫어하는 것은 수업 시간에 장난치는 것이다.
나는 피아노 치기를 가장 잘한다.
글쓰기 교실을 다녀서 좋았던 점은 시에 대해서
많은 것을 배울 수 있다는 점이다.

비

천사가
물을 마시려다가
물을
주
르
륵

천사가
세수를 하다가
물을
주
르
르
륵

계속 물을 흘립니다.

우산

비가 오는 날
버려진 우산이 있었다

너무 불쌍해서
내가
우산의 우산이
되어 주었다

비가 온 뒤

비가 온 뒤
나무를 보니
누가 이렇게 나무에게
상을 주었나?

비가 온 뒤
강물을 보니
누가 이렇게 강물에게
선물을 주었나?

비가 온 뒤
내 눈에는 전혀
딴 세상

밤

오징어들이
하늘에 먹물을 쏘았다
하늘이 까맣게 될 때까지
계속 쏘았다

한참 있다가
어느새 밤이 되었다

할머니

할머니가 편찮으시다
돌아가실 때가 되었나보다
할머니는 혼자 있는데
아프기까지 하다니

할머니는 지금도
기다리고 계실 것이다
당장 가서 할머니를 위해
기도하고 싶다

강낭콩 키우기

강낭콩에게
좋은 말을 하니
강낭콩이 힘을 내서
꼬투리가 나오게 했다

잘 자라는 걸 보니
내가 행복했다
내가 행복해서
강낭콩도 행복했다

소방관

우리 아빠는 소방관이다
소방관은 그냥
밖에서 불을 끈 줄 알았는데
직접 안으로 들어가서
목숨을 걸고 불을 끈 것이었다
우리 아빠도 그랬다니

나는 아빠한테
그동안 잘해주지 않은 것이 미안하다
앞으로 아빠를
응원해야겠다

정하윤

대구중앙초등학교 4학년

나의 꿈은 성실한 사람이다.

취미는 책 읽기이다.

왜냐하면 책을 읽으면 책 내용 안에 들어가

노는 느낌이 나기 때문이다.

나의 특징은 친구들과 수다 떠는 것이다.

수다를 떨면 속상했던 일도 잊게 되고

서로의 비밀을 털어놓으면 기분이 좋기 때문이다.

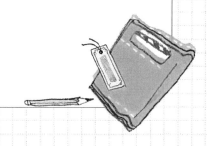

초승달

딱딱딱
내 손톱이 깎여 나간다

내 손가락 아래에 뾰족한
초승달이 떠 있습니다

딱딱딱 내 손톱은 깎여나가고
손 밑에는 아직
초승달이 떠 있습니다

담쟁이덩굴의 식사량 ✧

자전거, 킥보드, 우물
모두 사라졌어
빙빙 꿀꺽

벽, 지붕, 집의 절반이
사라졌어
빙빙 꿀꺽

이러다 모두 잡아먹겠어

홍시와 동생 *

할머니께서 가져오신 홍시
내가 먹기도 전에 거의 반이 사라진 홍시
난 행복하게 홍시를 먹는 동생을 보며
눈으로 함께 먹는다

어느새 사라진 홍시
그래도 난 배가 빵빵하다

봄 마음 *

나의 마음에
봄이 있으면 좋겠다

그러면 내 마음이
항상 착할 거 아니냐

산도 꽃도 나도 봄이 되길

생선구이 집

수족관의 물고기들
하나님께서 매일 그물로 물고기를
데려가신다

어느 날 수족관에 있는 고등어를
데려가신다

정신을 잃고 보니 뜨거운 난로에
있었다

갑자기 눈이 내린다

코로나는?

코로나 이제 원수 같다
이젠 마스크도 불편하지 않다

오히려 마스크 없는 것이
훨씬 민망하다

이제는 언제 걸리느냐가
문제이다

이젠 코로나 걸렸었다고
자랑도 한다

어떻게 그럴 수가 있지?

코로나는 나에게 점점
덮쳐온다

최승기

대구수창초등학교 4학년

나의 꿈은 요리사이고 요리를 잘하는 사람이 되고 싶습니다.

좋아하는 것은 드론, 포켓몬 카드입니다.

잘하는 것은 수학 공부이고 태권도와 블록 조립입니다.

싫어하는 것은 장난, 욕설, 자동차 장난감입니다.

고마운 마음을 가진 시를 쓰고 싶습니다.

인생의 길

인생의 길은 참 다양하다
천국의 길은 평평한 길 내리락 오르락 길이다
지옥의 길은 굽은 길 산비탈의 길 꼬불꼬불한 길

인생의 길은 언제 어떻게 될지 모른다
그래도 안전하게 가면
지옥의 길도
친국의 길로 바뀔 수 있다

이월드

가고 싶은 이월드
이월드는 내 마음의 두 번째이다
이월드는 잊을 수 없다
이월드를 가족만큼 생각한다
이월드는 가족이다
하나 된 우리가족
우리 가족이 된 것을 환영한다

비 오는 날

비 오는 날 너와 내가
한 우산을 들고 걸어가면
소곤소곤 우리가 나눈 이야기는
비가 다 듣고

비 오는 날 뚝뚝 떨어지는 빗방울을
너와 내가 다 듣고

우리는 항상 똑같은 시간을 보낸다

꽃

엄마 꽃 좋아해?
그럼 꽃보다 예쁜 것이 있니?
휴 다행이에요

내일은 엄마 생신
꽃 한 송이
사랑을 먹고 쑥쑥 자란 꽃
그것은 무엇일까요?

그것은 나

비밀

공부는 싫다
부정하는 마음을 갖고서는 공부가 안 된다

공부는 싫지만
부모님이 가르쳐주는 것을 잘 들으면 된다

싫은 마음은 항상 많다
다람쥐처럼 평생 자유롭게 살고 싶다

생각

항상 수학을 한다
수학을 푸는 데 머리의 45%를 사용한다
나는 머리를 사용하지 않고 생각만 할 수 있다
생각을 하면 머리가 복잡해질 때도 있다
복잡하면 내 머리는
지지직거리는 고장 난 라디오

경주

경주는 즐거운 곳
경주는 얼마나 즐거운지 모르는 곳
경주는 우리 가족 넷이서
시간이 얼마나 지났는지도 모르고 노는 곳

오늘은 작년보다
둘보다 셋보다 재미있을까?

김소단

동대구초등학교 5학년

나의 꿈은 오로지 그냥 평범한 사람이다.

좋아하는 건 피아노 치는 것과 국어(산문 글 쓰는 단원)를 좋아한다.

내 소원은 계속 피아노를 배우는 건 아니지만

오랫동안 피아노를 치고 싶고, 장래 희망을 찾고 싶다.

글쓰기 교실을 하면서 시에 대해 더 잘 알게 된 것 같고,

국어 시간에 시를 정말 어려워했는데 이 시간을 통해

시에 대해 이해를 잘 할 수 있게 된 것 같다.

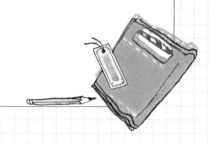

우리 엄마

귀 파달라고 하는 우리 엄마
내가 싹싹 긁어주면
아프신 것처럼 아악 아악 하신다
그럼 내가 그만할까 하면
아니라고 계속하라고 하신다

방울토마토

실과 숙제로 방울토마토를 키우게 된 나는

내가 먼저 가
인사하고 웃어준 줄 알았지만

방울토마토는 다른 식물들과 인사하며
나에게 먼저 인사를 건넸다

얄밉다

밥 먹으러 손 씻으려고 가는 길

난 이제 점심 먹는데
먹고 6교시도 해야 하는데

저학년들은 벌써 하교한다

하교하는 내 동생들을 생각하니
참 얄미웠다

도마뱀

우리 집 도마뱀 한 마리가 탈출하고

남은 한 마리를 보면
그리움이 내 맘을 채우고

항상 스스슥 소리가 나면
방을 뒤지기 일쑤다

마스크

이제 야외에선 벗어도 되는 마스크

여름인데
답답한데
아무도 안 벗는다

나는 못 벗는다

장래 희망

많은 사람이 나에게 묻는 말
장래 희망이 뭐야? 없으면 빨리 정해

하지만 장래 희망이 없는 걸
하지만 취미도 없는 걸
하지만 좋아하는 것도 없는 걸

장래 희망 그게 뭐가 중요한데
내가 나중에 정하면 되는데
왜 뭐라고 할까?

내가 내 원래의 모습으로 돌아가고 싶을 때 *

눈이 펑펑
쏟아진다

나의 눈물처럼
나의 모든 것이 그리워서

봄에서 겨울까지 하나둘
변해간다

나도 변해간다
나도 더 소심해진다

하지만 봄이 온다
봄은 원래의 모습으로 변해간다

나에게도 친구가 온다
나도 나의 원래 모습으로 돌아간다
나의 소심함은 사라지기 시작한다

마침 다시 평화로운 봄이 된 것처럼
나도 나의 친구들 덕에
나의 원래 모습으로 돌아올 수 있었다

더 행복해진다

김예찬

대구동신초등학교 5학년

저는 나를 괴롭히는 것을 싫어합니다.

제가 좋아하는 것은 동물입니다.

장래 희망은 동물 조련사입니다.

사신

사신수는 모습을 보지 않고는
웬만하면 사신을 생각하지
하지만 사신수는

동! 청룡
서! 백호
남! 주작
북! 현무로 나뉘지
그리고 사신수는 각자 능력이 있어

청룡: 번개
백호: 얼음
주작: 불
현무: 물이야
사신수는 동서남북을 지켜줘

그건 하나님이 우리를 위해
힘들게 기르신 동물이야

큐브는 인생

큐브는 인생이다

방법이 틀리면 틀어지고
방법이 맞으면
자신의 올바른 모습을 찾지

사람도 방법이 틀리면 틀어지고
방법이 올바르면
올바른 인생을 살 수 있어

비상구

삐유-우-우-우-웅 비상! 비상!
일로 탈출하세요!

우리에게
살 곳을 알려주는
비상구

사마귀는 전쟁 중

사마귀는 항상 전쟁을 한다
사마귀는 우리에게
제대로 안 보이지만
사마귀는 전쟁 준비를 철저히 한다

자기 손을 갈고 또 갈고
점프도 열심히 하고
뛰고 또 뛰고
날갯짓도 하고

그래서 난
사마귀는 항상 전쟁하는 것 같다

박상현

대구동신초등학교 5학년

나의 꿈은 경찰관입니다.

그리고 어려운 사람들을 돕고 싶습니다.

자전거 타기와 레고 조립을 좋아하고

매일 운동하는 것도 좋아합니다.

곤충이나 징그러운 것은 싫어합니다.

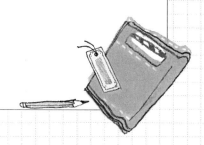

레고

레고야 레고야 어디에 있니
빨리 나와서 레고를 완성하게

이 작은 레고
이리저리 튕겨 나가버려서
없어지면 울 것 같다

건전지

쓰면 쓰면
계속 에너지가 줄어드는
건전지

빨리 에너지를 다 쓰면
쓰레기통에
버려진다

아버지

아버지는 아침에 우리를 챙겨 주신다
엄마가 회사에 늦는대도 집안일을 하고서
회사에 출근하러 가신다

아버지는
회사보다
집안일을 열심히 하고 가신다

택배 상자

내 집 현관문에 택배 상자가 있다
그 상자 안에 무엇이 들어있을까?

궁금한 택배 상자
과연 무엇이 들어 있을까?

엄마

모든 집안일을 하는 엄마
하지만 우리는 가만히 지켜보고 있다

열심히 치우는 엄마를 보면
도와주고 싶다

하지만 엄마는
내가 공부를 열심히 하면
기분이 좋아진다

고기 한 점

고기를 한 점 먹을 때
이런 생각이 난다

처음부터 상추에 넣어 먹을까?
아니면 그냥 먹을까?
그것이 문제다

그냥 합쳐서
상추에 고기 한 점이랑 쌈장
그리고 밥을 넣어
한입에 먹었다

동생

동생들은 뭐 시켜도 말을 듣지 않고
자기 마음대로 한다

때로는 형아를 때리고
약 올리는 행동까지 한다

하지만
동생을 지켜주는 게 형이다

홍준영

대구팔공초등학교 5학년

나의 꿈은 크리에이터다.

옛날에 도티를 보면서 좋아하게 되었다.

취미는 게임이다.

리그오브레전드라는 게임이다.

글쓰기를 하면서 좋아진 건 글씨랑 글을 잘 쓰게 되었다.

붕어의 삶

사람은 붕어다

왜냐면 붕어는
가도 가도 제자리고
사람도 가도 가도 제자리다

그래서 사람은
붕어다

좋은 할머니

우리 할머니는 엄청 좋다

집에서는 많이 못 먹는데
할머니는 밥을 다 먹으면
무조건 말을 한다

"더 먹을래?"

나는 할머니가 제일 좋다

아빠

우리 아빠는 공장에 다니신다
우리 아빠는 새벽 5~6시가 되면
공장에 가신다

내가 아빠한테
"아빠 힘들어?"라고 하면
"1도 안 힘들어"라고 하신다

우리 아빠는 훌륭하다

시

시를 써야 하는데
머리에 후라보노 껌만 생각난다
어떻게 하지?

머릿속이 하얗다

필기도구

연필과 지우개는
바깥에 나오면
추워 한다

그리고 필통이
안아 준다

친구

친구는 나의 소중한 사람 중 한 명이다
친구는 자연스럽게 만들어지는 것이
친구다

예찬이
너와 나는 영원한 친구다

박서준

대구청구중학교 1학년

장래 꿈은 미정이다.

친구들과 이야기하는 것을 좋아하고

싫어하는 것은 딱히 없다.

글쓰기 교실을 하면서 글쓰기가 어려운 줄만 알았는데

막상 해보니까 좋았고 유익한 시간이었던 것 같았다.

토요일에 교회를 올 시간이 없었는데 글쓰기 교실을 하면서

교회에도 많이 올 수 있었던 것 같고 교회가 더 좋아졌다.

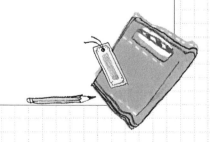

숙제

학원가기 1시간 전
빨리 숙제를 해야 한다

나는 주말 동안
숙제를 하지 않았다

그래도 숙제가 적었기에
빨리할 수 있다

비둘기

길을 가다 보면 항상 보이는 새

내가 길을 가다 보면 하늘에서
똥을 싸는 새

밖에 가방을 놔두면
가방에 똥을 싸는 새

시장

친구들과 학교를 마치고
문구사를 가기 위해
시장에 들렀다

시장에는 여러 할머니가 물건을 팔고
몇 주 뒤에 다시 와보니

똑같은 자리에서
똑같은 말을 하며
물건을 팔고 있었다

학원

엄마 학원을
너무 많이 가는 것 같아요

일주일에 5일을 다 가니까
너무 힘들어요

제발 일주일에 하루라도
쉬는 날을 만들어 주세요

좋은 집

큰 집이 좋을까?
작은 집이 좋을까?

싸우는 집이 좋을까?
안 싸우는 집이 좋을까?

우는 집이 좋을까?
웃는 집이 좋을까?

겉모습으로는
알 수 없다

겨울

지금까지 열심히 일해 준
나무들이 쉬는 계절

크리스마스가
다가오는 계절

충분히 쉰 나무들이
다시 꽃피기를 준비하는
계절

이해솔

대구성화중학교 3학년

글쓰기 교실에서 맏언니이고 귀여운 친구들과 함께
글쓰기 교실에 참여할 수 있어서 좋았습니다.
저는 미래에 남녀노소 나이 상관없이 모두가 즐길 수 있는
방송 프로그램을 만드는 작가가 되어 많은 이들에게
소중한 추억을 만들어 주고 싶습니다.

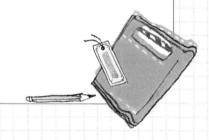

학교친구 ○○○ ⸜⸝

○○아 우리가 무슨 사이일까
그런 사이 아닐까

말하지 않아도
내가 힘든 걸 알고 위로해주는 사이
서로 좋아하는 걸 함께 공감하고 나누는 사이

서로 맞지 않아 싸워도
내일이 되면 다시 같이 노는 사이

맞다
우리는 그런 사이다

위로의 말

큰 선물보다 그리고 용돈보다
진심으로 받고 싶은 건

잘하고 있다는 응원의 말
할 수 있을 거라는 믿어주는 말

그리고 노력했으니 괜찮고
다음에 더 잘하면 된다는
위로의 말

아기 고양이

우리 집 마당에 길고양이
그 고양이가 낳은 아기 고양이 3마리

걸어갈 때는 뽀작뽀작
물 마실 때는 할짝할짝

언제 다 클까

우리 아이들을
글쓰기 교실에 보내며

·

·

·

제가 글쓰기 교실에 참여하는 아이들의 모든 학부모를 대신하여 이 글을 쓰게 되어 하나님께 감사하며 영광을 돌립니다. "이스라엘이여 너는 행복자로다. 여호와의 구원을 너 같이 얻은 백성이 누구뇨"(신34:29) 젊은 시절에 하나님을 믿고 구원을 받는 것은 큰 행복이며 하나님의 은혜입니다. 그리고 아내와 결혼을 하고 아이들이 생기는 것은 하나님의 큰 복이며 은혜입니다. 아이들이 자라고 성장하는 것도 큰 복입니다. 지금 아이들과 함께 즐겁게 살아간다는 것이 큰 복입니다.

아이들을 글쓰기 교실에 데려다주면서 저는 큰 행복감을 누리게 되었습니다. 겨우 걷던 아이들이, 겨우 말하던 아이들이 벌써 글을 쓰며 시로 마음과 생각을 표현한다니 너무 놀랍기도 하고 아이들의 성장 가능성이 무한함을 다시 한번 느끼게 됩니다. 부모로서 대견함과 행복감을 느끼게 됩니다. 또한, 아이들을 꾸준히 글쓰기 교실에 보내면서 아이들이 많이 성장하였음을 알게 되었습니다. 아이들이 어른들이 생각할 수 없는 창의적인 방법으로 시를 짓게 되는 것을 보았고, 때로는 아이들이 하나님의 마음을 닮아가는 모습이 보이기도 했습니다. 시 속에서 때로는 세상을 바라보는 아이들의 따뜻한 시야를 느끼기도 했습니다. 그리고 아이들이 시를 통해서 배우고 성장하는 계기가 되는 것 같아서 무척 좋았습니다.

"글쓰기 교실에 참여하는 모든 아이야~ 대단하다! 대견하다! 기특하다! 너희들이 더욱 시를 통해서 세상을 표현하고 더욱 성장하는 하나님의 자녀들이 되길 바란다."

끝으로 글쓰기 교실에 참여하시고 지도하시고 인도하시고 도움을 주신 대구신광교회의 강병구 목사님 및 여러 전도사님, 집사님께도 이 자리를 통해 감사의 마음을 전달해 드립니다. 이 책을 통해서 아이들의 시를 보는 모든 사람이 저와 동일한 행복과 감격을 누렸으면 좋겠습니다. 감사합니다.

대구신광교회 **임기식** 집사

엮은이의 글

＊

＊

＊

    우리는 인생을 살아가면서 해야 할 말은 하지 않고, 하지 말아야 할 말은 하다가 꼭 말썽이 생깁니다. 그러나 시인은 침묵할 때 침묵할 줄 알고, 말해야 할 때 용기 내어 말할 줄 압니다. 시를 쓰는 것 자체가 그런 것이기 때문입니다. 글쓰기는 국어교육 뿐만 아니라 우리의 삶까지도 성숙하게 변화시켜 줍니다. 시를 쓰기 위해서는 먼저 세상에 대한 고정관념을 버려야 합니다. 그리고 나만의 눈으로 세상을 바라볼 줄 알아야 합니다. 그 눈은 남과는 다른 개성 있는 눈만을 말하는 게 아닙니다. 모든 생명을 소중히 여기며, 남의 아픔을 나의 아픔으로 여기는 따뜻한 눈, 따뜻한 마음을 가리킵니다. 글은 글재주나 말재주로 되는 것이 아니라 참되고 아름다운 마음으로 써집니다.

    매주 토요일 우리가 공부한 글들은 주로 이오덕 선생님께서 쓰신 '우리 모두 시를 써요'와 '일하는 아이들'에 나오는 초등학생들의 시를 보며 공부하였습니다. 이오덕 선생님께서 지도하신 아이들의 시를 보면 마음속에 담긴 것들을 꾸밈없이 풀어놓았습니다. 아이들을 어른들이 정해놓은 틀에 가두지 않고, 가장 나답고 진실한 모습으로 설 수 있도록 선생님께서 도우셨기에 그런 작품들이 나올 수 있었다고 생각합니다.

저도 아이들을 지도하면서 남에게 잘 보이기 위해 꾸며 쓰지 말라고 가르쳤습니다. 인간은 늘 꾸미고 숨기며 살아가기에 글도 잘 꾸며 씁니다. 학년이 높아질수록 어른이 될수록 더욱더 꾸며 씁니다. 그렇게 살다 보니 하나님 앞에 자기를 있는 그대로 드러내야 하는 기도조차 남들에게 잘 보이기 위한 설교가 돼버렸습니다. 기도도 글도 솔직한 내 마음이 나타나야 합니다. 근사하고 유식하게 보이려고 하는 것은 교만과 글 자랑에 불과합니다.

저는 아이들이 시를 쓸 때 솔직하고 진실하게 글을 쓰게 해달라고 아침마다 기도하였습니다. 그리고 그 글들이 모여 이렇게 책으로 만들어지게 되었습니다. 아이들의 시 한 편 한 편을 읽을 때마다 웃음이 나고 눈물이 나고 감동이 되었습니다. 우리 아이들의 미래를 생각할 때 가슴이 벅차오릅니다. 미래의 아인슈타인, 미래의 본 회퍼, 미래의 임윤찬, 미래의 위대한 시인과 철학자가 우리 글쓰기 교실에서 나올 줄 믿습니다. 묵묵히 글쓰기 교실을 함께 섬겨주신 홍하림 전도사님과 우경희 집사님께도 깊은 감사의 말씀을 드립니다.

글쓰기 교실 지도 **강병구** 교육목사